CB033550

As artimanhas do Napoleão

e outras batalhas cotidianas

Antonio Cestaro

As artimanhas do Napoleão

e outras batalhas cotidianas

Ilustrações de Amanda R. Cestaro

TORDSILHAS

O texto deste livro foi fixado conforme o acordo ortográfico vigente no Brasil desde 1º de janeiro de 2009.

PRODUÇÃO EDITORIAL Tordesilhas
DIREÇÃO DE ARTE Antonio Cestaro
CAPA E PROJETO GRÁFICO Cesar Godoy
REVISÃO Andresa Medeiros

1ª edição, 2013

Dados Internacionais de Catalogação na Publicação (CIP)
(Câmara Brasileira do Livro, SP, Brasil)

Cestaro, Antonio
As artimanhas do Napoleão : e outras batalhas cotidianas / Antonio Cestaro ; ilustrações de Amanda Rodrigues Cestaro. -- São Paulo : Tordesilhas, 2013.

ISBN 978-85-64406-58-2

1. Crônicas brasileiras I. Cestaro, Amanda Rodrigues . II. Título.

13-02069 CDD-869.93

Índice para catálogo sistemático:
1. Crônicas : Literatura brasileira 869.93

2013
Tordesilhas é um selo da Alaúde Editorial Ltda.
Rua Hildebrando Thomaz de Carvalho, 60
04012-120 – São Paulo – SP
www.tordesilhaslivros.com.br

A Manuel Bandeira,

que escreveu ideias de alma imortal.

SUMÁRIO

Um salto para o presente

Este trabalho é fruto de uma árvore antiga, cuja semente foi plantada em 1930 por um habilidoso lavrador de palavras. Composto de um conjunto de crônicas que revelam um caráter novelesco se lidas em sequência, ele nos faz pensar sobre o poder de uma ideia, por singela e despretensiosa que seja, e independentemente do tempo decorrido da sua criação, de influenciar aqueles que se dispõem a mergulhos mais aprofundados na sua alma. Em 2012, ao estrear na literatura com o livro *Uma porta para um quarto escuro*, a interação e o envolvimento do autor com seus leitores revelou o poder carismático de um porquinho-da-índia de mais de oitenta anos de idade, personagem de uma das crônicas daquele livro, no qual foi batizado de Napoleão. Ao ser frequentemente questionado sobre o Napoleão, Antonio Cestaro foi com naturalidade traçando os contornos de uma biografia, e o biografado se sentiu beijado para acordar vigoroso de um sono octogenário, que teve a magia de mantê-lo física e psicologicamente jovem e moderno. Um beijo de traição?, questionarão os conservadores ao saberem que o personagem adormecido foi a primeira namorada do seu criador, fato que deixou registrado em versos apaixonados na literatura que fez. De fato, este ressurgimento é uma realidade ficcional que só pode ser compreendida pela lente da liberdade criativa, de quem aproveita os sonhos para anular os limites do tempo, da matéria e da lógica. E foi nesse contexto que o Napoleão saltou das mãos do Manuel Bandeira, que já não podia alimentar sua vivacidade e seu espírito aventureiro, diretamente para as páginas deste livro.

Os editores

As artimanhas do Napoleão

e outras batalhas cotidianas

Profissão nobre

Estou de saída para levar o Napoleão ao veterinário. Quando ele fica muito tempo sem mostrar o seu espírito traquino e alvissareiro, sei que algo não está bem. Desconfio das folhas de morango que ele comeu na semana passada, mas não posso afirmar nada conclusivamente. A Vânia, que nos ajuda nos serviços da casa, não sabia que para produzir morangos os caras têm que entupir a planta de veneno, e o Napoleão pode ter se dado mal com isso. Vou aproveitar a consulta para falar que, depois que comecei a pingar aquela vitamina, o Napoleão passou a beber pouca água. Como foi receita do doutor Gildo, ele ao certo vai saber o que fazer. O Napoleão tem muita sorte; o doutor Gildo é especialista em animais de grande porte e o atende por exceção e pela amizade antiga que temos.

Conheci o doutor Gildo quando ele era garoto e estudávamos na mesma escola. Desde aquela época o Dinho, como era conhecido, demonstrava verdadeira paixão por animais. Uma vez, uma pomba se enroscou na tela que cobria a quadra de esportes e ficou um bom tempo se debatendo até que o Dinho deu um jeito de improvisar uma imensa escada, mobilizando os serventes, os bedéis e até alguns professores para ajudar no resgate da ave. Foi uma lição inesquecível ver o Dinho segurando a pomba desfalecida pelo esforço e pelas fraturas que sofreu durante o embate com a rede. Reencontrei o Dinho não faz mais de dois anos, num traslado de Congonhas para o aeroporto de Guarulhos. Ele estava indo para a África participar de um projeto que se ocupa em reabilitar elefantes; colocar pernas mecânicas em elefantes vitimados por minas terrestres. É um alívio pensar que tem gente disposta a se dedicar ao bem-estar dos elefantes na África.

Confidências

É oportuno dizer que, apesar de ser um porquinho-da--índia, o Napoleão não é suíno e tampouco originário da Índia. É um roedor da América do Sul e parece não dar a mínima para essa coisa de ser americano, indiano, africano, paulistano ou vietnamita. O que ele aprecia é a generosidade das pessoas e a leveza das mãos quando vai receber um afago. A Vânia, que passa boa parte do dia com ele, quando briga com o marido fica resmunguenta e com cara de poucos amigos, e um desses poucos é o Napoleão, a quem ela confidencia todos os sabores e dissabores da vida. Sei disso porque outro dia ela achou que eu já havia saído e se derreteu em prantos contando para o Napoleão que o marido havia perdido o emprego e estava se afundando na bebida. Eu até entendo a preferência dela em reclamar ao Napoleão, porque esse

tipo de coisa, quando a gente ouve, não há muito o que fazer além de ouvir e, conforme a situação, dar uma palavra amiga. Depois desse dia aceitei melhor a aversão que a Vânia tem por garrafas e pela minha empoeirada coleção de rolhas de vinho, que ela despreza no pote num canto da cozinha. Curiosamente, a Vânia nasceu num alambique no interior de Minas Gerais, e o seu pai, que nunca foi de beber muito, como ela gosta de dizer, criou os cinco filhos sustentados pela renda da cachaça que produzia. Apesar de ter vasta experiência com bebida alcoólica, a Vânia não bebe nem uma gota e ainda assim tem passado a vida inteira sentindo os seus efeitos.

Alfabetização

Preciso engendrar uma forma de ensinar o Napoleão a escrever. Uma palavra, uma frase, um pensamento. Não penso em nada muito extenso, como contos ou romances. Outro dia peguei o Napoleão comendo parte da minibiografia do autor na orelha de um livro de capa verde. Pesquisei e aprendi que a celulose, quando ingerida em certa quantidade, causa desconforto abdominal. De qualquer forma, o livro era também indigesto para ler. Eu diria o nome da obra, do autor, mas não convém. É melhor deixar o cara sorrindo na orelha do livro do que me processando por danos morais. A depender da familiaridade com livros, a dificuldade do Napoleão vai ser mínima, vamos ver. Não quero ser indelicado, mas o Napoleão é totalmente analfabeto. Estou trabalhando há vários dias no desenho do teclado. Me disseram que

as pessoas estão aos poucos abandonando o hábito de escrever e que a caligrafia é algo que pode se extinguir com o tempo. Nesse aspecto o Napoleão estaria atualizado, já que o teclado seria a sua única forma de se comunicar pela escrita. Estou naquele estágio de definir qual comida no teclado condiz com qual letra do alfabeto. Letra A (aipo), letra B (banana), letra C (couve), e assim sucessivamente. O problema é que o Napoleão é vegano, e assim fica difícil cobrir todo o alfabeto. Não conheço nenhum nome de vegetal que comece com a letra Y. Vou ter que estudar isso um pouco mais, e talvez o Napoleão tenha que fazer também um esforço para ampliar o cardápio, para não correr o risco de ficar com o vocabulário muito pobre.

Nariz de leão

Estava de viagem para a França e, como sempre faço, levei o Napoleão para o hotelzinho da Cleide. Ela já me perguntou algumas vezes por que o Napoleão tem o nome assim e sempre digo que é porque acho o nome bonito, charmoso e coisas do gênero. Dessa vez, para satisfazê-la melhor, eu disse que o nome era mais adequado para o Napoleão do que para o Napoleão imperador e expliquei que, na origem do nome, "napo" equivale a "nariz" e "leão", a "leão" mesmo. Ela achou engraçado e disse que tem paixão pelo Napoleão guerreiro e que já leu tudo o que viu sobre o herói franco-italiano, e emendou me pedindo um favor desses difíceis de recusar: tirar uma foto na frente do túmulo do Napoleão Bonaparte segurando uma mensagem com os dizeres: "Especialmente para a Cleide Sanches". Fiz um acordo com ela; uma semana

de tratamento especial para o Napoleão, e ela topou. E foi na frente do túmulo do Napoleão mitificado que tive a ideia de começar a escrever sobre esses excêntricos episódios que não ocorriam antes da chegada do Napoleão na minha vida.

Indecisão

Sou uma pessoa indecisa. Na livraria, gasto em média duas horas para a escolha de cada livro que compro. E a dificuldade aumenta de acordo com a complexidade do negócio. Para comer, vou às cantinas italianas, onde a escolha pode ir no máximo de um espaguete ao *funghi* a uma lasanha de berinjela. Há coisas que são ainda mais difíceis; tenho um espaço para um sofá na sala desde que mudei, há seis anos. Por falta de decisão, me acostumei com o espaço vazio e agora não quero mais um sofá na sala. Há coisas na vida que infelizmente a gente tem que decidir na hora, não pode adiar, e nesses momentos de sofrimento o Napoleão é o meu recurso mais solidário.

Criei um sistema, após longo tempo de estudo e observação. Um sistema descomplicado e adequado para vários tipos de decisão. Uso folhas de verduras para decidir coisas simples, como se vou ao cinema, se leio ou ouço música. Nesses casos, coloco duas ou três folhas de verduras diferentes e aquela que o Napoleão come inteira primeiro define o que devo fazer. Para coisas mais difíceis trabalho com sons, barulhos, e de acordo com o padrão de reação do Napoleão consulto minha tabela e pronto, decisão tomada. O Napoleão quase me quebrou em 2008, foi o que pensei na época. Eu investia na Bolsa de Valores e naquele ano cheguei a colocar em dúvida a eficiência do método. Depois, com as notícias de que o mundo todo perdeu muito nos investimentos naquele período, fiquei mais tranquilo e até com um pouco de remorso de ter desacreditado do potencial do Napoleão.

No ano passado comecei a fazer uma consultoria para uma senhora vizinha de prédio, que, por falta de decisão, tinha dificuldades em se vestir para qualquer tipo de evento. Chegava sempre muito atrasada, perdia voos, consultas médicas, um inferno. A gota-d'água foi quando a coordenadora dos encontros da Liga das Senhoras Católicas espinafrou a dona Yolanda em público quando ela chegou uma hora e meia atrasada com o bolo para

a festa de aniversário de ordenação do padre Gregório.
A dona Yolanda está fazendo progresso e ainda ganhou a agradável companhia do Kiko, nome que eu mesmo sugeri para o periquito que ela decidiu adotar para o treinamento. Cogito às vezes em parar com o trabalho de tradução que faço e me concentrar cem por cento nesse novo negócio.
É bom a gente ter opções na vida.

Essência

Eu desaconselhei a dona Yolanda a adotar o Kiko. Ela tem um gato, e, pela minha experiência, os gatos não são as melhores companhias para os periquitos. Ela insistiu e defendeu a índole do Arquibaldo, garantindo que ele não fará nenhum mal ao Kiko, e argumentou ainda que temos que dar chance e procurar estimular a convivência e a tolerância entre os seres. Nisso achei que ela tinha razão, porque há casos de predadores que se tornam amigos inseparáveis de bichos que naturalmente seriam suas presas. A dona Yolanda é um pouco teimosa, mas tem um coração acolhedor; ela nunca entendeu por que eu não deixo o Napoleão com ela quando preciso fazer uma viagem de negócios ou de férias com a família. Eu ainda não tive coragem de dizer a ela que não confio no instinto felino caçador que corre no sangue do Arquibaldo, e sei que ela não aceitaria isso com facilidade, então prefiro dizer que a Cleide tem verdadeira paixão pelo Napoleão, o que não é nenhuma mentira.

No dia que o Kiko chegou, ficamos uma tarde inteira falando de bichos, da nossa infância e da passagem do tempo, que vai aos poucos resumindo a nossa vida.

Foi quando soube que a profissão da dona Yolanda é a dança flamenca, que ela nasceu em Sevilha e só veio viver no Brasil depois dos quarenta e dois anos. Aceitei entusiasmado o convite que ela me fez para assistir ao ensaio do grupo de dança flamenca de que ela participa e fiquei surpreso ao vê-la no palco de vestido carmim, mantilha, castanhola e maquiagem. Conheci uma outra mulher que mora dentro da dona Yolanda e agora sei de onde ela tira o brilho que leva nos olhos.

Domingo no parque

Domingo passado levei o Napoleão ao Parque do Ibirapuera e foi um deus nos acuda. Ele entrou na tubulação de uma obra hidráulica no gramado próximo ao lago e o programa relaxante do domingo micou. O susto foi grande quando percebi que a tubulação tinha a entrada aberta e não era possível saber onde saía. A dúvida foi minando a paciência e depois de mais de hora esperando na boca do tubo, comecei a perder também as esperanças. A cara das pessoas que passavam e me ouviam chamar o Napoleão deitado no gramado já nem me incomodava mais. Respirei fundo, fiz exercícios de concentração e uma luz se acendeu no fim do túnel, mas não no túnel em que o Napoleão estava metido, onde estava tudo escuro como breu. Veio passando um garotão com jeito de gente boa e prestativa; não hesitei em lhe contar toda a tragédia e pedir uma ajuda. O rapaz foi generoso e assumiu a responsabilidade de ficar na boca do túnel até que eu fosse buscar socorro ou alguma colaboração de alguém da administração do parque. Foi nesse dia que conheci a Divisão Técnica de Medicina Veterinária e Manejo da Fauna Silvestre do parque, um espaço dedicado à recuperação e à reintegração dos bichos silvestres resgatados pelos mais diversos meios na capital e nas bordas da cidade, onde a mata vai se fundindo com a cidade num degradê que evidencia a falta de planejamento e o descaso das autoridades e da sociedade com o meio ambiente. No final das contas, o saldo foi positivo. Conheci o trabalho dedicado da equipe da divisão entre corujas, tucanos, gambás, papagaios e um quati recém-operado de uma fratura na perna esquerda por atropelamento.

Quando voltei ao ponto onde a tubulação havia engolido o Napoleão, acompanhado de uma veterinária estagiária da divisão, o garoto gente boa já estava segurando-o e garantiu que tinha sido divertido correr atrás do bicho no gramado quando ele saiu da tubulação de pinote. Naquele domingo aprendi um comportamento básico do Napoleão: onde houver um buraco em que ele caiba, vai entrar destemidamente e não terá nenhuma pressa de sair.

Pé direito

Saí para comprar um tênis novo para o Napoleão e no caminho de casa até a loja estava acontecendo uma passeata. Um ciclista à frente portava uma faixa onde era possível entender o motivo da mobilização: "Pelo respeito aos ciclistas no trânsito". Os participantes protestavam contra as frequentes mortes de ciclistas nas ruas da cidade e pediam maior atenção do poder público, *et cetera* e tal. Legal, pensei, mais bicicletas podem dar um toque mais humano à metrópole, e uma imagem de Pequim veio involuntariamente ilustrar essa ideia na minha cabeça.

Ao chegar na loja de calçados, sabia exatamente o que queria e fui logo falando: um tênis que não seja fabricado na China, entre os números 42 e 44. O atendente demorou a entender e eu tive que explicar que muitos tênis são feitos na China com a exploração de mão de obra infantil e que eu não queria participar daquilo. Isso o rapaz entendeu ligeiro, parece que compartilhava da mesma opinião sobre os direitos das crianças e a falta de escrúpulos dos detentores de poder em muitas partes do mundo. O que ainda o intrigava era a variação de tamanho que eu havia pedido, e tive que contar mais uma vez sobre as artimanhas do Napoleão. Falei que o tênis não era para mim e que só precisaria do pé direito porque o porquinho-da-índia que o usaria nunca aceitou entrar num pé esquerdo. Aqui tenho que explicar uma coisa: o Napoleão começou a dormir dentro de um tênis logo nos primeiros dias, quando foi trazido para casa. Adotou o pé direito de um tênis que eu usava para correr e jamais consegui fazer com que usasse também o pé esquerdo do mesmo tênis. Conforme ele foi crescendo, o número que calço ficou pequeno, e tive que comprar pares maiores, assumindo a perda constante do pé esquerdo.

O rapaz da loja era um tipo galhofeiro e, fazendo troça, sugeriu que eu procurasse a ABCS – Associação Brasileira dos Criadores de Sacis, para, quem sabe, doar os pés esquerdos dos tênis nunca usados. Fui rápido e

o peguei no contrapé, perguntando se ele tinha certeza de que é o pé esquerdo que falta aos sacis. Desconcertado, o jovem desconversou, indeciso para dar uma resposta segura. Na volta para casa a mesma dúvida me acompanhou: aos sacis falta o pé esquerdo ou há sacis que os têm, faltando-lhes o direito?

A pressa

Desci do metrô com a pressa afinada à da multidão, caso contrário acabaria sendo empurrado para fora de qualquer forma. Na verdade, a pressa não era minha e tratei logo que pude de retardar um pouco as passadas que me levavam de volta para casa. No bolso do casaco, Napoleão já dava sinais de impaciência e eu não suportava ver o Napoleão inquieto.

Ao final da plataforma, pouco antes da entrada da escada rolante, um cesto de lixo exibia, imponente, um generoso ramalhete de flores, cuidadosamente arranjado, com laço de fitas, cartão no envelope, embrulho bem cuidado. Parei na frente do cesto e fiquei a imaginar a história que teria levado alguém a colocar aquela representação perfeita de afeto em lugar tão inadequado. Dei uma espiada no cartão, que dizia:

"Para você, que alimenta os meus dias com o fruto do amor, o meu abraço eterno". Fiquei ansioso, confuso, um misto de pena, intromissão e sei lá o que mais...

Peguei por fim o arranjo, tirei o Napoleão do bolso para ver a reação dele, que aprovou de imediato, dando uma dentada no suculento talo de uma flor cujo nome eu não sei e duvido muito que ele saiba.

Guardei o cartão na minha caixa de reminiscências. Penso às vezes em usar a mesma dedicatória; não tenho coragem. O ramalhete foi o jantar do Napoleão naquela noite de sábado.

Concerto

Fomos a um concerto no Municipal; no programa, obras de Schubert, num duo de piano e violino. Napoleão não paga, então, toda vez que há um concerto de Schubert com piano e violino, levo o Napoleão, que adora Schubert e é uma ótima companhia para esse tipo de programa.

Há pouco mais de dois anos, minha parceira de concertos era a Amanda, minha filha. Depois ela foi estudar na universidade e com isso veio um namorado que ocupa todo o tempo que ela tinha para concertos e para cuidar do Napoleão. Acho que ela foi ficando mais madura e eu, mais infantil, e acabei adotando o Napoleão, que pelas minhas contas ainda tem dois ou três anos de vida. Vai ser difícil, mas o que fazer, porquinhos-da-índia não vivem mais que oito ou nove anos, e eu vou ter que aceitar.

Na infância, tive porquinhos-da-índia, e quando acontecia de um morrer, os quatro ou cinco que ficavam me ajudavam a tocar a vida. Depois cresci e entendi que a vida é muito mais preciosa do que eu pensava, ainda mais a curta vida de um porquinho-da-índia. Só tem um porquinho-da-índia que é imortal: o porquinho-da-índia do Manuel Bandeira.

Cantareira

Acordei num daqueles dias em que, antes de colocar os pés no chão, já questionei mais sobre a razão e a utilidade da vida do que o Jean-Paul Sartre conseguiu registrar em livros e acabei decidindo que não iria trabalhar, para aproveitar o sol e a companhia do Napoleão. Fomos à serra da Cantareira, uma zona erógena nas bordas da cidade, onde ainda é possível ter a sensação passageira de que temos algo a ver com a natureza e que ela nos perdoa pelo distanciamento e pelo desprezo. Caminhamos horas seguidas bebendo o ar perfumado do pinheiral, respirando o canto dos sabiás e ouvindo a água da cachoeira que nunca vai desistir se a cidade não a engolir com a sua boca dura de concreto. Ao final do dia, temporariamente satisfeito de paisagens, coloquei o Napoleão de volta no bolso e descemos a serra embalados mais pelo declive do que pela fome, que teve que ceder espaço dessa vez para a gana de alimento da alma. Na descida, os urros da cidade revelavam-na a cada passo mais feroz, e ficou claro que com o tempo talvez a cachoeira não tenha a menor chance. Falei baixinho para o Napoleão que a cidade é uma fera maltratada que precisa ser ouvida, entendida e respeitada, e sussurrando essa história fomos de mansinho, demagogicamente, reentrando em seu ventre.

O poder do silêncio

O Napoleão confirma aquela ideia de que o silêncio tem muito valor e poder. Leva a vida daquele jeito tímido, reservado, e vai conquistando afagos e sorrisos sinceros sem fazer muito esforço. Diante da violência, o Napoleão tem uma técnica parecida: assume a sua fragilidade, que se converte em eficiente defesa. Isso ficou claro numa tarde, quando a dona Yolanda veio iniciar a consultoria acompanhada do Arquibaldo. Quando abri a porta, o gato entrou como um raio e foi direto para cima do Napoleão. Achei que seria o fim, e se o Napoleão não tivesse adotado a técnica da estátua talvez tivesse encerrado a carreira naquele momento. Quando me aproximei, o Arqui estava com aquela expressão de vendido e totalmente desarmado, esperando a reação da presa, que não aconteceu. Na vida dos animais isso ocorre com frequência; ao perceber

a presença da cobra, o rato se faz de morto para não ser engolido. Há bichos, como o urutau, que fazem mimetismo, pousam num galho bem à vista e confiam tanto na técnica que não se mexem nem quando são descobertos e instigados a dar sinal de vida. Para as pessoas, algumas vezes também é bom se fingir de morto para evitar o pior.

Estou aprendendo coisas com o Napoleão e agora adoto no trânsito a técnica do urutau; o cara me fecha, buzina, esbraveja e eu continuo como surdo-mudo--morto. Quando acontece de eu fazer a barbeiragem é diferente, vou logo pedindo desculpas, e, se o motorista ignorar e partir para agressões verbais, assumo o comportamento do urutau. A cidade anda nervosa; as pessoas, estressadas, e é sempre melhor conseguir chegar em casa com o coração ainda batendo.

Cantos

O Napoleão tem manias e preferências. Quando comecei a entendê-lo, percebi que ele é um porquinho-da-índia bem sistemático e fui pesquisar para saber quanto disso é da personalidade dele e quanto é comportamento-padrão da espécie. Concluí que, apesar de ele agir dentro da normalidade, algumas coisas, como usar tênis e ir a concertos de Schubert, são particularidades dele mesmo. Dentre as suas preferências, é notável a predileção por cantos. Não os cantos do Pavarotti, do uirapuru ou da Maria Bethânia, mas aqueles feitos pela confluência de duas paredes, de preferência em noventa graus. Eu ainda não havia percebido essa mania e comprei uma casa nova para ele de formato circular. O resultado é que o Napoleão começou a emagrecer; ficava a maior parte do tempo correndo em círculos, e em nome da sua saúde tive que mudá-lo de casa. Ele ainda usa a circular duas ou três vezes por semana, e aumento a carga quando ele começa a ficar com sobrepeso. Ao que tudo indica, a genética não perdoa porquinhos-da-índia sedentários, e o Napoleão gordo aqui na cidade só interessaria às aves de rapina, já que os gatos não sabem como lidar com a passividade dele.

Método de poesia

Desenvolvi junto com o Napoleão um método para fazer poesia. Coisa simples, para ajudar os poetas iniciantes a tomarem gosto pelas palavras. É como uma receita de bolo: o cara pensa no tamanho, na cor e no sabor, reúne os ingredientes, mistura, tempera com pontos e vírgulas, pode aquecer com um ou outro adjetivo extra e pronto, pode dizer que é poeta. Não um poeta consagrado e profissional, mas poeta. Para uma poesia de amor, um livro romântico ou mesmo uma revista de fofocas pode servir. Para uma poesia mais dramática, o jornal é perfeito, e para uma poesia concreta você pode pesquisar numa revista de arquitetura e construção.

Recorte, de acordo com o tamanho da poesia que deseja, vinte ou trinta palavras aleatórias. Coloque as palavras num saquinho de papel, agite bem e vá tirando

do saco palavra por palavra e dispondo uma diante da outra. Leia com atenção, procurando a metáfora que há na alma das palavras que aparentemente demonstram mais frieza. Se você sentir a necessidade de mudar a ordem de algumas palavras, faça-o com muito cuidado para não perder a espontaneidade da ordem natural das coisas. Acrescente no final os pronomes necessários, as vírgulas e os pontos, tomando o cuidado de colocar as dissimuladas vírgulas nos seus devidos lugares. Antes de publicar no seu *blog* ou coisa do gênero, peça para um amigo confiável degustar.

Aos poucos, vá colocando cada vez mais ingredientes novos, substituindo alguns duvidosos por outros melhores. Você pode, com o tempo, se impressionar com a sua veia poética. Se você ainda não tem um porquinho-da-índia, considere a possibilidade de adotar um. Ele pode ajudá-lo a escolher os temas se você souber trabalhar com verduras, e, na ausência de um amigo próximo confiável, você pode ler em voz alta que ele será também um ouvinte atento para a primeira prova da sua poesia.

O tempo em tique-taque

A passagem do tempo é coisa para lembrar e esquecer. E, se a lembrança e o esquecimento se derem na passagem certa do tempo, o relógio segue o seu trabalho metrônomo de máquina sem incomodar. É bom lembrar para seguir o caminho e esquecer para aproveitar a paisagem; tudo o mais se resume a um tique-taque opcional.

Tomei as dores do Napoleão e optei por dar fim ao relógio antigo que maltratava o silêncio no seu quarto e sempre o fazia lembrar da finitude impiedosa que pode assombrar um porquinho-da-índia na terceira idade. Agora, o que continua quebrando o silêncio da casa é o secador de cabelos da Amanda e o aspirador de pó da Vânia, dois ruídos que me desconcertam, me fazem colocar o Napoleão no bolso e ir bater perna nas ruas. Como tem cabelo e pó quase todos os dias, a minha saúde

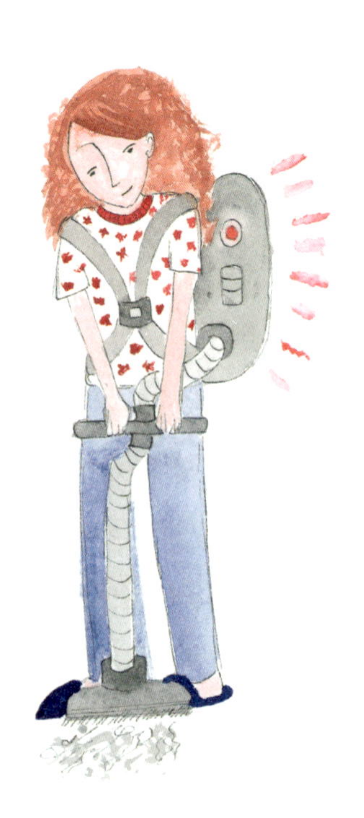

oscila entre a vantagem de caminhar sistematicamente e a desvantagem de respirar dióxido de carbono em doses continuadas. A conclusão é que estou ficando com as pernas musculosas e o nariz estropiado.

Fui ao alergista pensando em receita e ele me deu uma sentença: ou muda da cidade ou suporta as alergias. Como sei que no universo tudo acontece numa espécie de troca e sempre que se ganha algo também se perde algo, vou tolerando as alergias para não correr o risco de constatar que um paraíso ecológico pode ter também o seu lado negativo. Ainda não estou certo de já estar preparado para trocar a sinfonia e as lanterninhas do Municipal pela ópera de sapos e as luzes piscantes dos pirilampos.

Os bichos também amam?

O Napoleão está namorando, com a minha aprovação e o meu apoio. Fui eu mesmo quem teve a ideia e a iniciativa de arranjar essa namorada para ele. Não é um namoro daqueles que acabam em casamento, mas, considerando a condição de solteirão do Napoleão, é uma oportunidade imperdível, pelo menos enquanto não surgir uma gravidez, nesse caso desejada. A dona da namorada do Napoleão não cansa de falar que a sexualidade dos bichos só serve para a reprodução e fica torcendo pela prenhez. Eu não disse a ela, mas prefiro que o Napoleão prolongue ao máximo esse relacionamento, que é o primeiro da vida dele. A sexualidade de um porquinho-da-índia urbano pode ser algo bem complicado. No interior, com espaço e capim fresco abundante, a espécie é criada em grupos de quatro, cinco ou mais, o que facilita que eles tenham uma vida sexual ativa e normal. Na cidade, muitos passam a vida sem conhecer o sexo oposto, e isso é tirar muito de alguém que não tem outros recursos para substituir as emoções de um encontro amoroso. O Napoleão não demonstra estar apaixonado, mas às quintas-feiras, depois de horas seguidas de namoro, volta faceiro, guardando um sorriso que não expressa por pura timidez.

Pisada de elefante

Voltei com o Napoleão ao consultório do doutor Gildo. Em parte porque ele continua ingerindo pouco líquido e a hidratação é tudo na saúde da espécie, mas também porque fiquei intrigado com aquela história de pernas mecânicas em elefantes da África. Quando ele me falou sobre isso na primeira vez, achei que estava de zombaria, pela ideia bizarra que fiz do tratamento, mas logo percebi que era coisa séria, e essas pernas mecânicas ficaram desde então espezinhando na minha cabeça dia e noite, de noite em forma de pesadelo no qual a mina terrestre passou a ser a minha cabeça.

O negócio é que quando acabou a guerra em Angola e os elefantes que haviam se deslocado da zona do conflito para áreas vizinhas, como a Zâmbia

e a Namíbia, começaram a regressar, houve muitas mutilações e mortes causadas pelas minas ocultas na terra. De acordo com o doutor Gildo, tudo indica que, com o passar do tempo, os elefantes desenvolveram um sistema de detecção, e os acidentes diminuíram a quase zero. Os cientistas estudaram o caso, mas ainda não concluíram se os animais aprenderam com o trauma da experiência ao assistirem aos companheiros explodirem ou se suas trombas passaram a funcionar como uma espécie de radar.

O certo é que os bichos estão cercados por violência e monstruosidade de todo gênero na África ou em qualquer parte do mundo. No aeroporto de Frankfurt, dentre os objetos apreendidos pela polícia ambiental do país, uma pata de elefante me chamou a atenção. O sujeito teve a genialidade criativa de fazer uma banqueta com uma das patas de um paquiderme
e caprichou no detalhe, esmaltando as unhas da pata do bicho, de certo para combinar com o verniz dos móveis da sala. No embarque, com o atraso, o incômodo da formalidade e a burocracia, a saudade de casa e a

lembrança das unhas esmaltadas do elefante,

a educação e a cortesia da tripulação tiveram a

suavidade de um creme de orelhas de girafa.

Música barulho

Ensinei ao Napoleão a diferença entre música e barulho
e como se comportar numa sala de concertos, numa casa
de *jazz* ou num show do Naná Vasconcelos. No começo,
os aplausos o apavoravam, e ele, inquieto, às vezes rasgava
o bolso do meu casaco e arranhava a minha barriga.
A paciência e a persistência superaram a dificuldade,
e hoje ele pode ir com a mesma naturalidade a um sarau
ou a uma grande ópera de Puccini. A vantagem do
Napoleão é que na impossibilidade de falar, latir, miar
ou tossir, coisas que costumam ser muito irritantes
num concerto, ele concentra toda a atenção no ouvido,
reverenciando a música e o silêncio da pausa com a mesma
polidez. Nas noites de sexta-feira, para aliviar as tensões
acumuladas e preparar um fim de semana relaxante, chego
em casa e vou logo colocando uma trilha sonora para

acompanhar uma taça de vinho e a cenoura do Napoleão.
Se a noite tem luar, a gente aproveita a varanda para
fazer umas poesias ou filosofar sobre nossa grandeza e
insignificância comparadas à imensidão do universo.
E num momento da noite a música começa a destoar,
as nossas reflexões já parecem tolas; então o Napoleão
entra no tênis e deixamos as ilusões a cargo dos sonhos
e as convicções para o trabalho cósmico das minhocas.

Uma batalha diária

A gente pensa que mora no coração da cidade, e quando chega em casa digerido, a metrópole, que continua pulsando suas luzes de progresso, contabiliza uma chacina que deixa seis mortos a tiros no Capão Redondo. Vencido, substituo o jantar por um copo d'água e encerro o dia no quarto, azedo, porque ainda não há melhor remédio para o mau humor e o cansaço do que o velho pijama e um sono prolongado por mais de doze horas seguidas ou pelo tempo que a coluna vertebral resistir sem dor. Com o Napoleão a história é diferente. Como é difícil chegar sem ter saído, o humor dele varia pouco, ainda mais porque a morte de soldados e civis na guerra do Afeganistão e a dos policiais e bandidos no Brasil não lhe diz muito; sua batalha cotidiana é feita com unhas e dentes em nabos, aipos, couves e no cabo

do esfregão de vidraças da Vânia, que ele já roeu até a metade.

Estou mesmo acabrunhado. Na volta do trabalho, a paisagem que eu mais aprecio foi coberta com tapumes e placas de um megalançamento imobiliário; o paisagismo, as árvores do local ficaram invisíveis tapume adentro e receio que não haverá misericórdia para elas quando o caminhão de ferro e cimento chegar e os caras de cabeça amarela começarem a estender suas fitas métricas vorazes, que não perdoam centímetros fora da simetria das suas retas e esquinas.

Jardim Botânico

Ainda não posso afirmar com segurança que os porquinhos-da-índia têm sonhos, desejos de conquista e mil lugares que precisam conhecer antes de morrer. Não houve ainda, que eu saiba, ninguém que tenha se ocupado de entender quais são as coisas mais importantes na vida desses roedores, além das cenouras, das folhas de verdura e, no caso do Napoleão, de um bom tênis para se sentir protegido. Contudo, decidi realizar um sonho que suponho que ele teria e o levei ao Jardim Botânico para que conhecesse as espécies raras de vegetais e eu tirasse uma soneca na sombra de uma árvore centenária. O Napoleão nem desconfia, mas naquela tarde de sábado combinei o seu futuro amoroso, não por interesse próprio ou por considerá-lo inapto, e sim por saber que um porquinho-da-índia caseiro e tímido como

o Napoleão poderia viver e morrer sem experimentar as emoções de uma grande paixão.

Na primeira quinta-feira, na saída de casa, o elevador deu um tranco, apagaram-se as luzes e o coração do Napoleão ficou parecendo uma zabumba encostada na minha barriga. Com isso ficou difícil saber se a ansiedade dele era por conta do encontro ou do trauma do elevador, e a gente sabe que na primeira vez o coração bate mesmo mais forte. Essa é apenas uma das desvantagens de viver dentro de uma dessas estruturas verticais que brotam na cidade e fazem a gente subir, como as jacutingas na copa das árvores, para fugir de predadores no solo. Uma vantagem é que a gente se sente um pouco por cima quando o vizinho do andar de baixo é presunçoso ou barulhento nas horas em que a gente adoraria se concentrar na leitura.

Freud e o chapéu

Amanheceu chovendo forte. Enquanto espero a chuva amenizar, vou continuar lendo *A interpretação dos sonhos*, do Freud, para ver se consigo entender a simbologia do pesadelo que tive na véspera do feriado de finados. A dona Yolanda vai me ligar quando estiver pronta, vamos nos encontrar na garagem e seguiremos viagem para o Rio de Janeiro. No pesadelo, ao abrir a caixa do chapéu-panamá, presente de um amigo, a cabeça degolada do Clint Eastwood, que apoiava o chapéu, vertia sangue, manchava o tom natural da palha e respingava nas taças de vinho branco com as quais brindávamos.

O irmão mais novo da dona Yolanda vai ficar contente de vê-la depois de onze anos. Ele chegou recentemente da Espanha, e pelo que sei vai se casar com a namorada brasileira, que mora em Vassouras, no Rio. Sangue, chapéu e vinho, avanço na leitura atento para qualquer pista, já preparado a essa altura para saber coisas da minha sexualidade. Na entrada da Dutra, um acidente de moto; os Anjos do Asfalto, de luvas brancas, manobram o corpo inerte para o carro de socorro. Viro a página e surge uma primeira pista: o chapéu pode ser lido como o órgão genital masculino. Comecei mal, avalio. O carro vermelho parte barulhento e deixa na pista os destroços da motocicleta sobre uma mancha de sangue disforme.

O combustível não é suficiente para a viagem e não posso perder o último posto da estrada. Nas taças, o vinho branco era tingido com pesadas gotas de sangue. O que estaria por trás dessa mistura de prazer e morte? No banco do passageiro, a dona Yolanda, perceptiva, pergunta o que está tirando a minha concentração. Sangue, chapéu e vinho, respondo em tom enigmático. Ela dá um sorriso manchado de batom vermelho e diz para eu não me preocupar que nada de mau vai acontecer. Notei que a dona Yolanda concatenou ligeira uma história com vinho, chapéu e sangue, e, surpreso com sua perspicácia, quis saber o que ia na cabeça dela: gente, prazer e negligência, ela disse, e por grande parte da viagem foi desfiando teorias sobre a simbologia das três palavras do pesadelo. Confuso, achei melhor mudar de assunto e falar de como o Napoleão neutralizara a ação de ataque do Arquibaldo num episódio de hipnose clássica. Consegui com isso rodar mais de duzentos quilômetros, quando, já chegando no Rio de Janeiro, a dona Yolanda retomou a conversa do sonho, dizendo: "Que pena que o Clint Eastwood, que normalmente é diretor e protagonista, dessa vez ficou só com essa participaçãozinha especial sem direito a diálogo". E prosseguiu com seu papo junguiano.

A proposta

A reunião atrasou e a conversa foi rápida e objetiva. Em síntese, a proposta que ouvi era levar o Napoleão para um estúdio de animação e transformá-lo num personagem de filme em desenho animado, e depois explorar sua biografia e imagem em diversas outras formas comerciais, de capas de cadernos a canecas de porcelana, passando por toalhas de banho e marca de iogurte. Fiquei chocado com os possíveis rumos da carreira do meu amigo de pelos, mas conheço bem o Napoleão e sei que dinheiro e fama não são para ele as coisas mais importantes do mundo; então eu disse também por ele que íamos pensar.

O capitalismo tem essa coisa de transformar tudo em produto, industrializar histórias e tirar dividendos de minas de petróleo a quedas de aviões, por isso o

Napoleão, que apesar de ter pouco mais de cinco anos já é um porquinho-da-índia adulto, vai ter uma participação efetiva nessa difícil decisão.

Ainda estou avaliando qual será o método decisório que usaremos por conta da seriedade e da irreversibilidade do caso. Se fosse uma coisa mais simples, umas folhinhas de verdura e pronto, mas neste impasse talvez seja o caso de mesclar os métodos e empregá-los de forma cruzada, para não haver dúvidas ou arrependimentos futuros. Embora o negociador tenha dito que tudo o que precisa do Napoleão é o compromisso contratual, sei como essas coisas funcionam e que logo pode surgir a necessidade de uma viagem, uma participação num programa, uma sessão de fotografias, e que por aí pode vazar o sossego que a gente conquistou aos poucos. Numa coisa estamos bem afinados: a tranquilidade é um bem valioso que o capitalismo ainda não conseguiu enlatar e colocar nas prateleiras dos supermercados.

Ornitologia

Assim que chegou, falou do atraso do trem, da distância, do tempo perdido na viagem, e me perguntou repentinamente por que o Napoleão tem medo de urubu. Contei o que sabia sobre o Plano SP2040, enfatizando a meta do projeto para o transporte público, que promete que o trabalhador não levará mais de trinta minutos de casa ao trabalho até o ano 2040, e quis entender como ela soube do medo de urubu do Napoleão. Ela falou com uma espécie de desânimo revoltado que se não estiver no cemitério em 2040 o único transporte público de que vai precisar é a ambulância, e contou que colocou o Napoleão na varanda para um banho de sol e achou que ele fosse ter um ataque cardíaco quando o urubu passou alto, projetando sua sombra na parede de casa. Eu ia dizer a ela que 2040 é o ano-limite e que com sorte e empenho da sociedade e dos governos esse prazo poderia ser bem menor, mas lembrei que a nossa gente está descrente de promessas e só conhece a garra da classe política no horário obrigatório gratuito ou quando assiste aos escândalos na TV envolvendo corrupção e muito dinheiro ilícito, então deixei rolar o papo do urubu, para tentar entender mais sobre o comportamento esquisito do Napoleão, e mesmo assim nada ficou esclarecido.

Os dias passaram e o urubu que apavorou o Napoleão já estava esquecido, quando, numa tarde, a Vânia interrompeu o meu trabalho para me mostrar uma coisa muito importante na varanda, e foi apontando para o alto de um edifício à distância o urubu pousado no parapeito do terraço. Então tudo ficou esclarecido: o urubu que mexeu com o instinto ancestral de sobrevivência do Napoleão era na verdade um gavião-carijó, uma ave de rapina que ocorre também nos centros urbanos. Aproveitei o momento para um papo ornitológico com a Vânia, que é esperta e garantiu que apesar de ter trocado gavião por urubu não come gato por lebre. Ao final ela prometeu que vai ficar atenta aos candidatos para

AS ARTIMANHAS
DO NAPOLEÃO

distinguir melhor os predadores da cena política do país, e eu pude retomar o meu trabalho com a boa sensação de que as coisas podem estar num caminho reto mesmo quando a estrada se mostra totalmente tortuosa.

Moda do além

A dona Yolanda tem sido uma companhia constante e agradável. Só tenho que ficar alerta para tentar evitar que ela comece com aquela conversa adivinhatória de leitura de mãos, de borra de café e de ramo de oliveira sagrada, que, conforme ela disse, é um ritual exclusivo praticado ainda hoje pela sua família na Andaluzia. Por sorte, o café que me causava enxaquecas é escasso em casa, e graças a Deus os ramos de oliveira sagrada não são tão fáceis de encontrar por aqui, mas para as mãos não tenho desculpas, e há momentos em que a conversa pode avançar para a clarividência, aí o jeito é apelar para um trabalho com prazo estourado ou para a limpeza da casinha do Napoleão.

A última conversa que tivemos foi até bem divertida. Ela trouxe a história do tio-avô, que depois de morto fazia

as suas aparições de tempos em tempos no arruamento dos parreirais que a família cultivava. Preciosa foi a apresentação do morto-vivo, que vinha descalço, terno de linho branco amassado, chapéu, lenço de seda amarrado no pescoço e um charuto aceso, por certo um autêntico cubano, cuja brasa vermelha era normalmente vista passeando na plantação na altura do queixo do velho nas noites escuras do inverno espanhol. Naquele tempo a dona Yolanda era uma garotinha de oito ou nove anos, e fico a imaginar o medo que ela sentia quando tinha que sair de casa no escuro para fazer xixi na privada que ficava do lado de fora da casa, conforme ela mesma contou. Isso sem falar nas histórias de bruxas que a espanholinha ouvia dos mais velhos e carrega até hoje como fatos acontecidos. Não é sem motivos que a dona Yolanda tem lá as suas superstições, mantém uma ferradura pregada na porta de entrada da casa e começa a rezar se um cachorro faminto uiva na vizinhança. Contudo, estar com a dona Yolanda é sempre prazeroso, um convite para entrar num mundo onde a mulher mourisca madura revela a inocência da menina que foi e ainda é em boa medida.

O que dizer?

Quando soube que o meu trabalho envolvia palavras e tradução, a dona Yolanda quis saber se era possível traduzir em uma palavra a dor que a acompanha desde a perda da mãe na Andaluzia, que é uma mistura de tristeza, desespero, angústia e saudade num só vazio feito de morte e de tempo perdido. A dona Yolanda não deixou as coisas da Espanha na Espanha; trouxe mais do que a vontade de fazer uma nova vida "na terra onde a boca tem mais vocação para o sorriso", elogiou. "Eu não tenho a palavra", disse a ela, como penso que os poetas ainda não a têm, razão pela qual dedicam a vida a escrever sobre sentimentos que não podem ser definidos por palavras isoladas.

Numa reação que misturou resignação e enfrentamento, a dona Yolanda tirou as castanholas

do bolso, empinou o busto, reuniu uma expressão de quem olha firme nos olhos melancólicos da dor e entoou uma cantilena expressiva, uma espécie de oração cantada, dessas capazes de aliviar a alma. Depois voltou a sentar, pegou o Napoleão, encostou-o no rosto e disse-lhe que a dor já estava distante. E continuamos noite adentro a falar de literatura e das emoções humanas que as palavras não dão conta de descrever.

Gato benzido

O Arqui é bento, foi o que a dona Yolanda me disse. Fiz cara de interrogação e ela me esclareceu que levou o gato para o padre Gregório benzer porque ele anda com o miado esquisito e fica na janela do quarto com o olhar fixo e compenetrado para dentro, a enxergar não se sabe se coisa deste mundo. "Gato é assim mesmo, eles parecem ver e sentir coisas que a gente não percebe", cometi o deslize de falar, porque ela interpretou que tudo o que a gente não vê e não percebe é coisa do sobrenatural. Lembrei-me de um fato que me ocorrera há alguns anos e falei do susto que levei quando abri a gaveta da escrivaninha para pegar uma caneta e trouxe nos dedos uma lagartixa, e sugeri à dona Yolanda que talvez o Arquibaldo estivesse observando um desses animais que adoram ficar escondidos atrás de quadros, penteadeiras

e persianas para emboscar mosquitos, mariposas e baratas quando surge a oportunidade. Não funcionou. Ela ficou furiosa com a sugestão de que eventualmente possa haver alguma barata no seu quarto e desabafou que o benzimento ainda não havia ajudado em nada, e, se o gato continuasse assim, ela ia ter que trazer o padre Gregório para uma reza em casa ou buscar uma pessoa conhecida na federação espírita. A dona Yolanda é eclética na fé e acredita em santo, pai de santo, buda, Kardec, pé de coelho, mandinga e tantas outras crenças com a mesma devoção. Depois desse dia, comecei a chamar o Arquibaldo de Bento e o apelido pegou fácil; todos e até a dona Yolanda agora o chamam pelo nome adotado. "*Un gato con nombre de Papa*", ela se diverte.

Quintas-in-love

O Napoleão anda muito silencioso, faz tempo que não faz nenhuma traquinagem, e, conhecendo-o bem, é melhor não descuidar, porque, a menos que as "quintas-in-love" o tenham deixado metaforicamente de quatro, ele não vai mudar o comportamento assim de uma hora para outra.

Na próxima semana faremos uma viagem ao interior, onde ele vai poder comer capim fresco todos os dias, promessa da Tamires, minha sobrinha que estuda zootecnia e não aceitou a ideia de eu visitá-los sem levar o Napoleão. Tudo já estava combinado com a Cleide, mas não pude dizer não para a Tamires, que conheceu o Napoleão há três anos e não mais o esqueceu. O Napoleão é mesmo inesquecível, e, como eu já disse, não precisa fazer muito esforço em suas conquistas. Fico observando atento para entender a química e só o que vejo é um fluxo

de amor que parece uma enxurrada comparada com a goteira de carinho que damos e recebemos dos nossos pares. Para ter um comparativo, se eu dominasse a técnica e a química do Napoleão, seria como o Don Juan, o Casanova ou o Bel Ami do Guy de Maupassant.

A Tamires me assusta com essa história de zootecnia. Ela sabe que faz alguns anos que não como animais e estou pensando seriamente em não fazer mais provas de hipismo. Convivendo com os equinos, aos poucos estou discernindo que subir em quinhentos quilos de nobreza armado de esporas, para exigir saltos de um metro e quarenta, tem me deixado a cada dia com mais vergonha de encarar os animais de frente. O Napoleão, que não anda a cavalo, é vegano e está bem resolvido no amor, pode levar a existência numa boa, não precisa experimentar os efeitos das mudanças constantes que a vida racional vai propondo para a gente.

Ditadura da comida

Não há nada como a liberdade de opção. Em meio a tudo o que precisamos fazer para a manutenção da vida, abrir espaço para as coisas facultativas, desnecessárias, de preferência aquelas que não interferem na frágil e escassa harmonia do mundo e podem garantir bons momentos de prazer, faz boa diferença.

Conheci em São Miguel da Anta um colega de classe da Tamires que nos apresentou com empolgação sua coleção de sementes, lazer que o mantinha ocupado desde a infância. A originalidade da ideia me despertou a curiosidade de entender as motivações do colecionador, e a resposta veio redonda: "Esta coleção de sementes tem a promessa de uma grande e diversificada floresta, e fazê-la é como cultivar uma Amazônia particular". Isso me convenceu, e a Tamires concordou, acrescentando que as sementes simbolizam também a fertilidade e a fartura de alimentos, uma percepção mais técnica e muito pertinente, concordamos todos, embora as florestas imaginárias tenham me seduzido muito mais do que a comida, que lembra a fome, que remete a um poder ditatorial.

Agora mesmo vou precisar interromper este trabalho para comer algo. Um tipo de imposição natural para o qual não há remédio, só resignação. A dona Yolanda tem uma ideia interessante sobre isso. Diz que vai magra de revolta, da herança genética e da cara feia que faz para uma *paella* valenciana quando sente que vai ceder ao poder inquestionável da comida. Depois, quando o estômago fica a ponto de comer-lhe os bofes, ela se rende a uma salada de pepino com tomates para provar de uma certa medida de desabundância e continuar resistindo parcialmente.

Gosto da dieta da dona Yolanda e vou acabar abraçando também a resistência, em contraponto ao Napoleão, que acatou os mandamentos da déspota e pode manter o maxilar num moto perpétuo se não lhe faltarem os seus grãos e vegetais. Deixei recomendações

para a Tamires enquanto o Napoleão passa uma espécie de férias de verão com ela. Da minha parte, vou sentir sua falta e talvez aproveite para passar uns dias na companhia dos famintos mosquitos, ditadores de um outro tipo de regime em Ilhabela: o regime do repelente.

Sobre o autor

Antonio Cestaro nasceu em 1965, é músico e empresário do setor editorial. *As artimanhas do Napoleão e outras batalhas cotidianas* é o seu segundo livro. Sua obra de estreia, *Uma porta para um quarto escuro*, foi lançada em 2012.

Sobre a ilustradora

Amanda Rodrigues Cestaro nasceu em 1994 e estuda design na Escola Superior de Propaganda e Marketing (ESPM). Fez sua estreia como ilustradora no livro *Uma porta para um quarto escuro*, lançado em 2012 pelo selo Tordesilhas.

Este livro, composto com tipografia Scripps College Old Style e diagramado pela Alaúde Editorial Limitada, foi impresso em papel Munken Lynx Rough cem gramas pela Ipsis Gráfica e Editora Sociedade Anônima no octogésimo terceiro ano da publicação de *Libertinagem*, de Manuel Bandeira. São Paulo, abril de dois mil e treze.